빵 터져 버릴지도 몰라요

신난희 동시집 한연진 그림

빵 터져 버릴지도 몰라요

신난희 동시집　한연진 그림

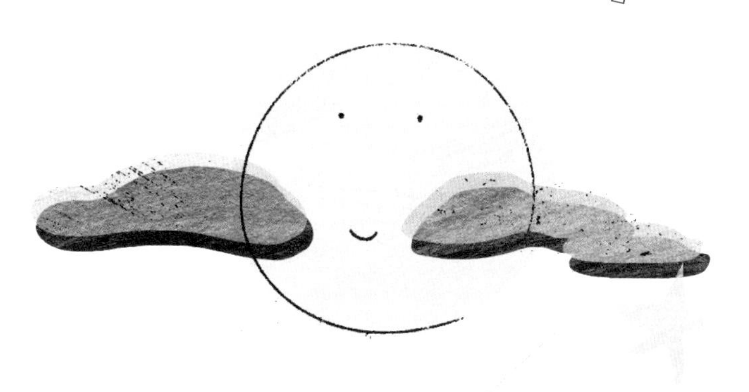

보림

차례

제1부 걱정 인형

제2부 별 낳을 애

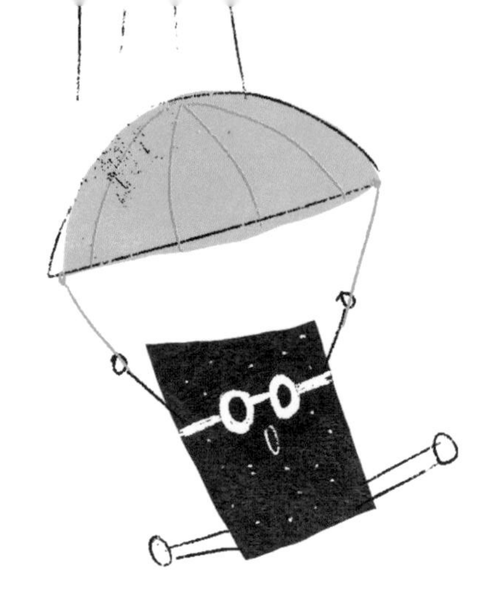

제3부 잘 먹었습니다

제4부 살고 싶은 집

제1부
걱정 인형

무지개 교실

영우의 그림 속
이 빠진 크레파스로 그린
다섯 색 무지개

미애가
살며시
새로 산 크레파스 밀어 준다

영우 그림 속에
일곱 색 무지개가
환히 걸리고

선생님 손이
가만히
영우와 미애 머리 위에
앉았다 간다

동글이네 반장 선거

"나는 정말 잘 달려"
축구공이 말했습니다

"나는 가장 멀리 날아갈 수 있다고"
야구공이 말했습니다

농구공이 쓰윽 굴러와 말했습니다
"누가 뭐래도 내가 젤 크잖아"

톡탁톡탁
조그만 탁구공이 말했습니다

"난 주고받기를 잘할 수 있어
어려운 말로 소통이래"

옛날이야기

그네 한 번 타 보려고
반나절 줄을 섰다니까

미끄럼틀 계속 계속 타다가
바지 엉덩이 구멍이 났다니까

갯바위 따개비처럼
시소에 다닥다닥 붙었다니까

옛날 놀이터엔
정말 그랬다니까

집집마다
아이들 나팔꽃처럼 뿡뿡대고

학원 거인이
아이들 다 잡아가기 전까지는

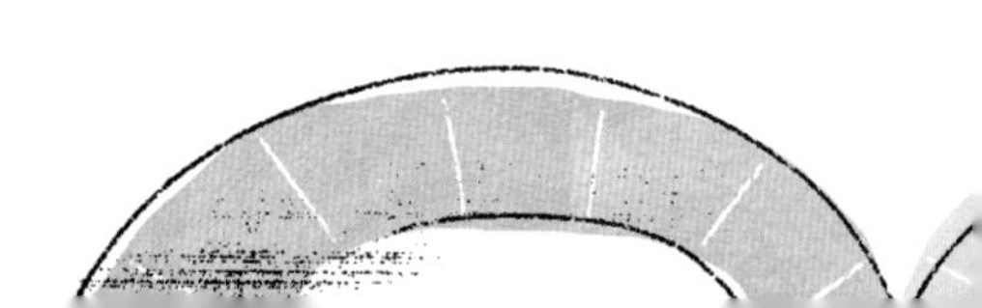

친구가 옆에 있으면

학원 가기 답답할 때
야단맞아 시무룩할 때

핸드폰 내려놓고
목소리 한 번 가다듬고

감자에 싹이 났다
잎이 났다
묵,
찌,
빠*

친구랑
목청껏
주먹 감자
주고받는 동안

우리 겨드랑이에도
싹이 나고
잎이 피어서

웃음꽃이 활짝
가슴 창문이 화알짝

*묵찌빠: 손을 내밀어 그 모양에 따라 순서나 승부를 정하는 방법

조약돌 학교

물가에
모여 앉아서
온종일
차르륵차르륵
물장난치는 것도
따글따글
친구들과 떠드는 것도
다 공부래요
잘 노는 게 공부래요

동그래지는 공부래요

속마음

"그깟, 공부 좀 한다고!"
"쳇, 공만 잘 차면 다야?"

공부왕 준서
축구왕 경태
만나기만 하면 으르렁으르렁

속마음 눈치챈 선생님
준서 왼쪽 귀랑
경태 오른쪽 귀를 당겨

우리 반 애들
다 들으라고 한
큰 귓속말

"속으로는 둘이 친해지고 싶은 거지!"

이어달리기

꽃향기 나는
봄의 바통을 받으려
여름은 일찌감치
숲으로 가는 길목에서
준비 운동 했고요
가을은 단풍나무가 내민
예쁜 손잡고 달렸어요
겨울은 눈 쌓인 언덕길 오르다
엉덩방아를 찧기도 했지만
모두
열심히 이어 달렸습니다
이제 끝이냐고요?
저기,
냇가 버들강아지 꼬리 흔드네요
끝나지 않을 사계절 달리기

걱정 인형

애들이
무슨 걱정이냐지만

머리맡
인형들은 다 알아요

내일 발표할 숙제도
길가에 두고 온 다친 고양이도
은서가 내 맘 하나도 모르는 것도
다 걱정이라는 걸

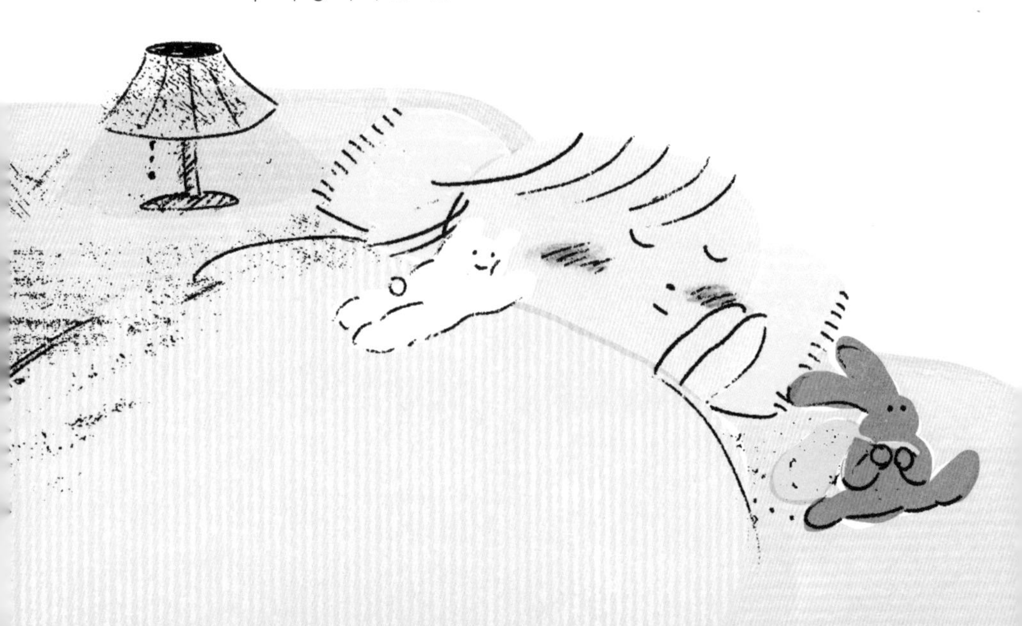

내가 잠이 들면
가만히 다가와

심장 속 걱정들
다 꺼내 간대요

그러니까
이제 다 컸으니 인형 좀 치우란 말
하지 마셔요

몸이 하는 말

가지런하던 다리가
흔들흔들
그네를 타면
좀 지루하단 뜻이고요
꼿꼿하던 허리
꽈배기 꼬기 시작하면
많이 참았단 뜻이에요
화장실 갈 때 아닌데
쉬 마려운 척하면
더는 힘들단 뜻인데요

빼꼼
공부방 들여다보실 때
몸이 하는 말
모른 척하시면

빵 터져 버릴지도 몰라요
계속 불다가
터지는 풍선처럼

여름 방학

아빠 차 타고
동해 보러 가는 길
터널이 아주아주 길었는데

노래 다섯 곡이나 부르며
지나는 동안

소나기가
새 터널
놓았나 보다

공중에 걸린
입구가 참 예쁜
무지개 터널 하나

방학 계획표

방학이 준
둥그런 피자 한 판

공부하기
책 읽기가
많이 먹는다 하고

놀기와
쉬기가
공평하게 하자고 버틴다

첫날부터
샅바 싸움 팽팽하다

분실물 보관함

맨날
깜박깜박한다고
허둥지둥한다고

노란 우산
파란 야구 모자가

쑥군쑥군
주인 흉을 보다가

"아무리 그래도
우릴 데리러 오면 좋겠어"

먼지 쌓인 손지갑
풀 죽은 목소리에

고개를 끄덕끄덕
눈물이 그렁그렁

찾아가세요

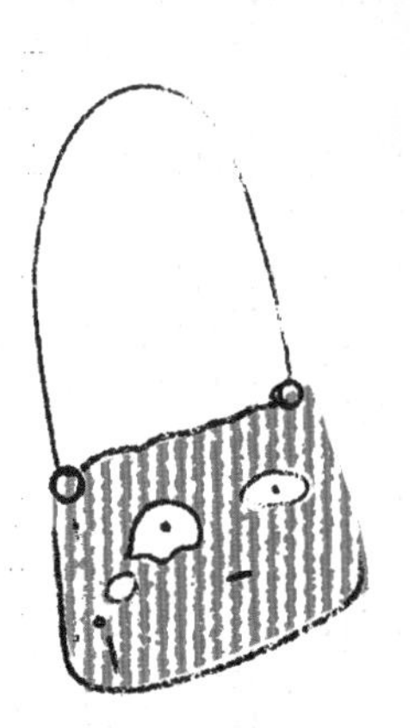

흐린 겨울 하늘은

꽉 닫힌 문 같아
꽉 찬
눈 창고 문
줄다리기할 때처럼
우리 반 아이들
다 불러 모아
힘껏
문고리 잡아당기면
와락
열릴 것 같아
우리들
하얀 눈
뒤집어쓰고
벌러덩
뒤로 넘어질 것 같아

눈썹 짝꿍

이마가 넓은 하늘
눈썹 하나 허전해
초승달 그믐달
짝꿍 해 주고 싶은데

초승달 찾아 놓으면
그믐달이 숨고
겨우겨우
그믐달 찾아 놓으면
초승달이 안 보이고

폐교의 소원

잡초
먼지
거미줄

얘네들은
너무 조용해

현수 유이 종호
은서 미애 민우 경란

칠판 가득

떠든 아이들 이름
적어 보고 싶다

제2부
별 낳을 애

나무껍질

쩍쩍
갈라지고
거칠거칠해도

처음엔
뽀얗고
매끈한 속살이었지

새로 나온
어린 속살에
안쪽 자리 내어 주고

지금은
비바람 막아 주는
나무의 겉옷 되었지

얼음

강도
호수도
한 뼘 작은 웅덩이 물도
숨지 않고
달아나지 않고
추위에 맞섰다

추울수록
단단해졌다
겨울을 지키는
하얀 바위가 되었다

눈사람 나이 먹기

앞마당
눈사람 가족
같은 날 태어났는데

데굴데굴
많이 굴러
배 불룩 아빠

데구르르
서너 바퀴
땅꼬마 아이

구를수록 감기는
하얀 나이테

구를수록 많아지는
눈사람 나이

얼음 깨는 법

엄마
얼음처럼 차가운 애가 있어요
알통 자랑해도 거들떠도 안 봐요

단단한 얼음
꽝꽝 힘센 망치로 깨지 않고
톡톡, 작은 바늘로 금을 낸단다

정다운 인사 한번
향기 나는 말 한마디
톡톡, 금을 낼 건 많단다

곁불

겨울 공사장
모닥불가
빙 둘러선 아저씨들

폐지 줍던
할아버지에게도
곁을 내주고

청소하는
아주머니에게도
곁을 내주고

모닥불은
나무가 피우고

곁불*은
사람이 피워요

*곁불: 곁에서 얻어 쬐는 불

매화꽃 줄다리기

겨울로 끌려가나 싶더니
봄으로 당겨 오고

꽃샘 눈 내려
다시 겨울로 밀리다가

힘센 햇살
왕창 봄으로 끌어오고

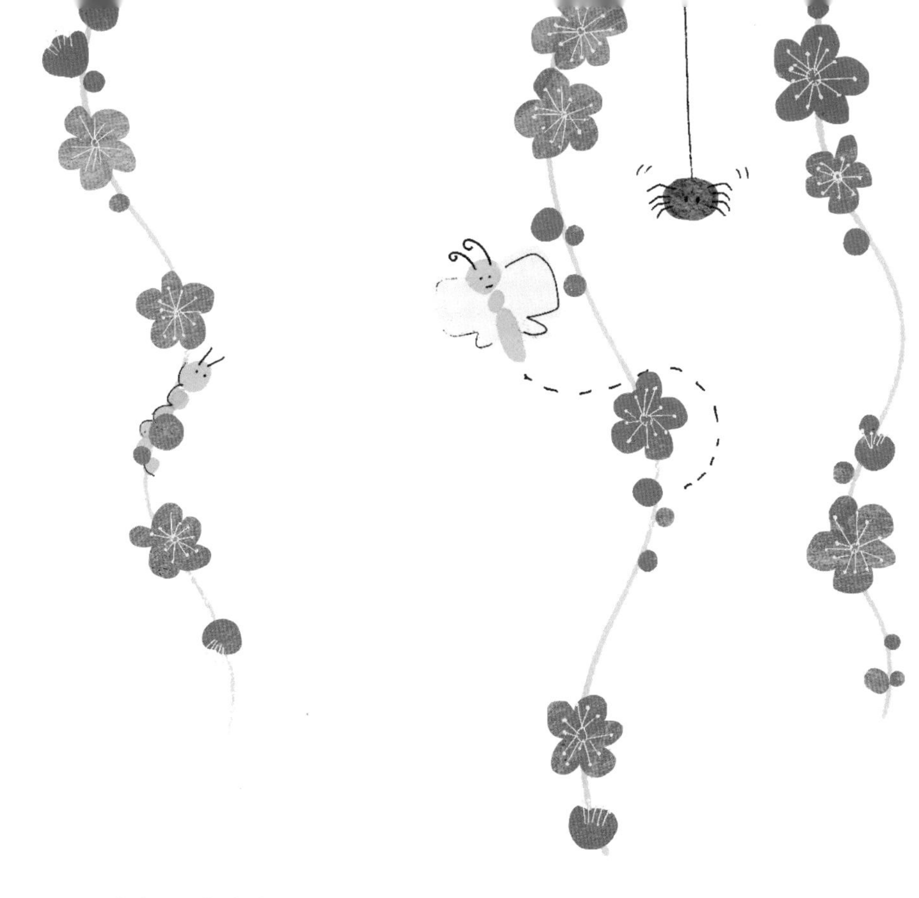

매화꽃 다다다닥
봄에 매달리자

슬그머니
겨울이 줄을 놓았다

눈 온 날 알았어요

꽃도 지고
초록빛도 잃은

메마른
들꽃

칼바람에
스러질 듯
스러질 듯하다가도
다시 일어섰던 건

하얀 눈꽃
다시 한번 피우려고
그랬다는 걸

버팀목

뿌리도
나뭇잎도 없지만
괜찮아

하늘도 보고
땅도 밟고
나무 곁에 서 있으니

멋있는 책상
힘센 기둥은 못 되었지만
괜찮아

약한 나무
기울어진 나무
붙잡아 줄 수 있으니

조금만

오르락내리락
끝없는 산길

“아빠, 아직 멀었어요?”
“아니, 조금만”

또 한참을 가도
“조금만”

내려오는 사람들에게 물어봐도
“조금만”

조금만
조금만이
쌓여서
산꼭대기에 닿았다

내 키가
산보다 커졌다
산을 담은
가슴이 넓어졌다

내려오는데
나만 한 아이가 물었다

"아직 멀었어?"
웃으며 말해 줬다
"아니, 조금만"

별 낳을 애

남들이랑
똑같지 않다고

별별 생각 다 한다고
별난 애래요

맞아요
별난 애

별별 생각 속에
별이 들어 있잖아요

별난 애
별난 애

반짝반짝
별을 낳을 거예요

작은 새

한 줌
털 뭉치 같은
작은 새를 만나면

여름엔
발은 맨발인데
털옷 잔뜩 껴입어
안타깝고

겨울엔
털옷 잘 입었는데
발은 맨발이라
참 안쓰럽다

밤비

동당동당 뚜닥뚜닥
잠도 안 자고
북을 친다

아침에 보니
숨어 있던
달팽이 지렁이
다아 나왔다

느려도 괜찮다고
힘내라고
밤새 북을 쳤나 보다

줄타기 선수

발전소에서 태어나
줄을 타고
강을 건너서

송전탑에 올라
줄을 타고
산을 넘어서

복잡한 도시를
전봇대로
줄을 타고
지나서

지붕 위를
아슬아슬
줄을 타고
우리 집에 와서도

온 집 안을
줄을 타고
돌아다닌다

떨어지면 큰일 나
속 줄 타는
전기 선수

누구 편들어 줄까?

빗자루는

쓸어도 쓸어도
낙엽이 자꾸자꾸
다니는 길을
지운다 하고

낙엽은

사각사각
소리 나는 낙엽 길
빗자루가 자꾸자꾸
지운다 하고

톱

나무의
팔다리 몸통
다 잘라 놓고

너무 미안해

톱밥
수북이 쌓아 놓고도
차마 먹지 못하나 봐

몸이
빼빼 말랐네

새싹 병아리 나오려고

땅속에서는
씨앗이 쏘옥 내민
노랑 부리로 콕콕콕

땅 위에서는
햇살 부리로 콕콕콕
빗방울 부리로 콕콕콕

콕콕콕 콕콕콕
봄 껍질 깨뜨린다

제3부
잘 먹었습니다

만물 트럭

오늘은
산자락 외딴 할머니네
겨울 김장할

커다란
고무 대야가 올라타요

프라이팬 도마 소쿠리
양재기 석쇠 그 옆에 수저통
또 그 위에 주전자 집게 국자
그 옆에…… 쟁반과 매달린 빗자루까지

비좁아도 조금씩
자리를 내어 주고는요

덜컹덜컹 자드락길을
덜컹덜컹 장단 맞춰 달려가요

꼬불꼬불 꼬부랑길을
꼬불꼬불 끌어안고 달려가요

봄날

학교 앞
붕어빵 아저씨
풀 죽은 붕어 떼 싣고 떠나고

솜사탕 아저씨 세발자전거
햇살 달고 왔어요

탈탈탈
솜사탕 부풀리는 페달 소리에
몽실몽실
우리 마음도 부풀어 오르는데

교실 앞 목련 나무, 덩달아
가지 끝마다
하얀 솜사탕 부풀리고 섰어요

사탕

골목 밥상

학원 끝나고
집으로 가는 저녁
골목이 차려 주는
냄새 밥상

파란 대문 민기네
담 넘어온
고등어 굽는 냄새
그 옆 앵두나무 할머니네
청국장찌개 냄새
맞은편 은지네는
멀리서 일하시는
아빠가 오셨나
삼겹살 냄새

먹을수록
더 배고픈
투명 밥상이지만

골목 맨 끝 집은
닭볶음탕 냄새면 좋겠다
우리 집이다

앞치마

주방 한쪽
옷 사이에도 못 끼는
반쪽 치마지만

궂은일엔
맨 앞에서
튀는 물 화살
얼룩 공격 막아 주는

나는야
얇지만
용감한 방패랍니다

내 이름은 도마

모두들
무섭다고 피하지만
난, 등을 내민다

스윽스윽 칼자국
탕탕탕탕 멍 자국

상처가 아니라면

도마가 아니라
이름도 없는
자투리 나무판이었을걸

뻥튀기 먹는 법

정우는
와사삭
보름달 통째 부숴 먹고

경애는
반으로 뚝
반달로 나눠 먹고

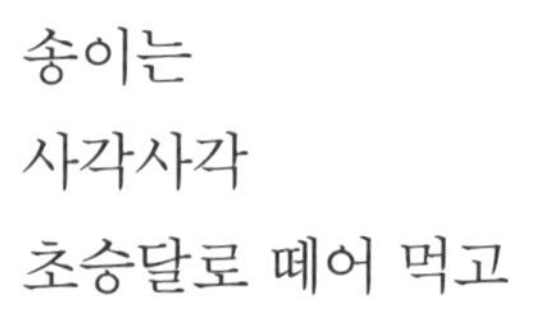

송이는
사각사각
초승달로 떼어 먹고

밤하늘
달 뻥튀기는
구름이 꿀꺽 삼키네

보이는 나이테

나이테
속에만 있지 않아요

해마다
조금 더 어깨 넓혀
그늘을 늘리는 가지
조금 더 단단해져
기댈 수 있게 해 주는 몸통
조금 더 넉넉해져
새들을 품어 주는 잎사귀

해마다
조금 더 의젓해지는
나이티*가
보이는 나이테죠

*나이티: 나이에서 풍기는 분위기

바람 어디 숨었나 했더니

나무에 숨으려 하면
나뭇잎이 팔랑팔랑 티를 내서
물가에 숨으려 하면
물결이 파르르 티를 내서
아주 깊숙이 숨었대요

아무도
모를 줄 알았는데
글쎄,
깍두기 담그려던
엄마가 찾았대요

"아이고, 이 무 바람 들었네!"

잘 먹었습니다

엄마께 하는
짧은 인사 속에는

맛있는
밥과 반찬
밥상에 오르도록
잘 키워 주신
농부님
어부님
잘 자라도록
때맞춰 찾아오신
해님
비님
멀리 가까이
배달해 주신 분
또 내가 모르는

수고한 모두께 드리는
큰절 들어 있어요

옥수수 무덤

이빨은 다 뽑히고
잇몸만 남은 옥수수
밭 가장자리에
수북이 쌓여 있어요

여름의 무덤 같아요

제4부
살고 싶은 집

시골집에 가면

대문 앞에는
어서 오라 손 흔드는 할머니
마루에는
많이 컸다 엉덩이 토톡 할머니
부엌에는
막 찐 감자 호호 불어 주는 할머니

할머니는
할머니를 많이 남겨 두고 떠나셨다

장독대에도
닭장에도
대추나무 아래에도

시골집에는
할머니가 참 많다

장한 일

이장님네 막내아들
좋은 대학 붙었다고
학마을 초등학교 졸업생
금메달 땄다고
미루나무 옆
커다란 현수막 걸었던 자리에
더 커다랗게
배나무집 작은 며느리
아기 낳았다고
사촌 동생 탄생을 알려요
드디어,
나도 형아가 된 거예요
'오메, 장하기도 해라'
마을 사람들 싱글벙글
어서 와서 보라고
미루나무가 팔랑팔랑 손을 흔들어요

큰 나무가 있는 마을

마을 단장한다고
다 헐고 베어도

이백 살도 더 넘은 그 나무
차마 그럴 수 없어

길이 돌아 나고
집이 비켜 앉고

그 마을 사람들
나이테 문방구 우듬지 약국 새순 세탁소
온통 나무가 가르쳐 준 간판을 달고

나뭇잎 달력을 넘기며
대대로 뿌리를 내리고 산대요

내가 처음 살았던 집

단계동 348번지가
아니에요
자그마하고
둥글고
따스한,
팔도 다리도
아직 없었던
올챙이 같던 나를
열 달 동안 키워
세상에 나가게 한

엄마 배 속 집

세상에나!
엄마는
집을 안고 다니셨네

우리 동네에선 어림없다

따따따따닥따따따

……

동네방네
요란하게

딱따구리 집 짓는다
시끄러워 죄송하다는
인사도 없이

찔레꽃 피기 전까지는
다 끝내겠다는
알림도 안 붙이고

숲속 마을 주민들
맘씨도 좋다

동물원 속 우리 집

'크허르르릉'
아침 해 토해 내는
사자 울음 알람 소리에 눈떠
학교 갈 땐
원숭이들이 줄지어 배꼽인사하고
학교 잘 갔다 왔다고
코끼리가 코로 뽀뽀해 준다고 하면
우와야, 다들 부러워하겠지
날마다 친구들이 몰려와도
하마 몸무게 맞추기 내기하거나
입 벌린 악어 이빨 세어 보느라
'넌, 왜 할머니하고만 살아?'
'방이 왜 이렇게 코딱지만 해?'
그런 시시한 질문 따윈 하지 않을 테지
상상하며 집으로 간다

김치볶음밥

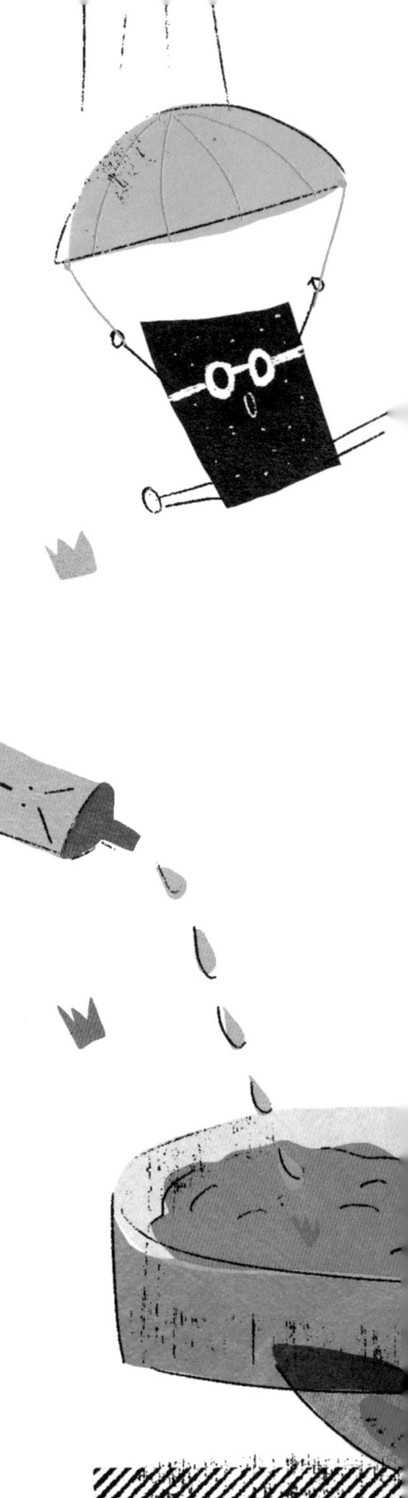

아빠 엄마 늦으시는데
동생 배고프단다

반찬은
달랑 김치뿐
쓱쓱
김치를 자르고
지글지글 볶다가
쑤웅 낙하산처럼
밥을 넣고 슉슉
고소한 참기름 투하. 오우버!
아차,
비행접시
계란프라이도 착륙시켜야지

엄마가 해 준 거랑 다르다면서도
하나도 안 남긴 동생

설거지하는데
뒤에 와 귓속말했다
"형, 맛있었어"

그 맘 아니까

소풍날
엄마는 언제나
김밥 두 통을 싼다
엄마 오래 아팠을 때
김밥 못 가져간
내 맘 아니까
그런 친구 주라고

점심시간
나는 얼른
큰 나무 뒤나
바위 아래로 간다
거기 쪼그리고 숨어 있을
그런 친구 맘 아니까
그때 나처럼

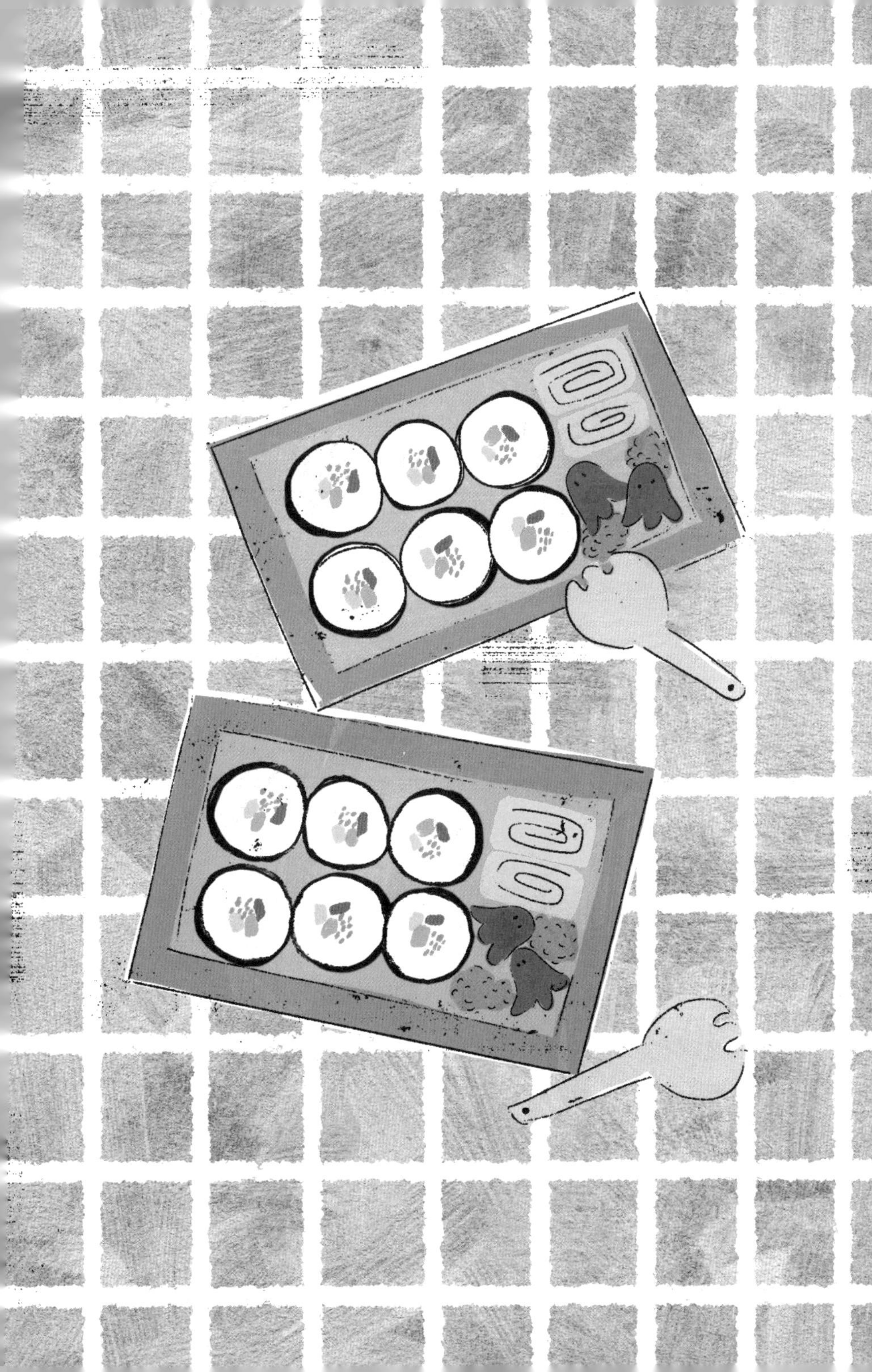

살고 싶은 집

아파트 사는 정우도
상가에 사는 상미도

집을 그릴 땐
모두
세모 지붕에
동그란 마당

꽃밭엔 나비 놀러 오고
나무엔 자그만 새집

온 가족 손 잡고
웃고 있어요

높은 아파트도
널따란 방도 아닌

마음속에 지은 집
그림 속에 있네요

그 집

빛 하나 들지 않는
키 낮은 방에
아이들도 참 많은데

물만 먹고도
쑥쑥 잘도 자라요
노래가 끊이질 않아요

가끔 들여다보면
방 안에
노오란 음표가 한가득

깜깜한 시루 속
환한 콩나물 가족

그냥 엄마

새 옷
새 신발
새 가방

얼마 지나면
그냥
옷
신발
가방인데

한참을 지나도
“너희 엄마 새엄마지?”

“아냐, 그냥 엄마야!”

나무를 보면

봄비 한 번에
쑥쑥 키가 크는
봄 나무는
하루하루 달라지는
우리 같고

초록 귀 활짝 열고
둥글둥글 머언 세상
바람 이야기 듣는
여름 나무는
꿈꾸기 좋아하는
형, 누나 같고

올망졸망
열매 거느린
가을 나무는
우리 거두느라
하루해 짧은
아빠, 엄마 같고

새도
자주 오지 않는
메마른
겨울나무
기다림이 사는 일이라시는
할아버지, 할머니 같고

밤

하루라는
긴 이야기를 맺는

커다란
마침표

다음 이야기는
언제나
환한 아침으로 시작하게 하는

까만
마침표

시인의 말

따듯한 마음의 맨 처음은
나를 아끼는 거예요

동네 초등학교 등나무 초록 지붕 아래서 동시 좋아하는
친구들과 이야기를 나누었어요.
"너네들, 동시가 왜 좋아?"
"물론 짧아서죠."
"킄킄, 맞는 말이지. 그럼 넌?"
"재미있어서요. 남다른 생각이 들어 있어요."
"오호, 그것도 맞는 말. 그럼 너는?"
"내 마음하고 똑같아 위로되기도 해요."
"정말! 오, 정말이야?"
"마음에 드는 건 금방 외울 수도 있어요."
"우아, 대단한데!"
"근데 아줌마는 동시를 쓴다면서 그것도 몰랐어요!
아줌마는 어떤 동시를 쓰는데요?"
"음, 음. 따…듯…한 동시를 쓰고 싶어."
이야기는 짧게 끝났습니다. 초등학생들이 나보다
더 바쁘기 때문이죠. 배꼽인사를 하고는 깔깔거리며
각자의 학원으로 갔습니다.

그래요.
나는 따듯한 동시를 쓰고 싶어요.
세상을 살리는 건 따듯한 마음이라 생각해요.
전쟁을 멈추게 하는 것도 더 강한 무기가 아니라
생명을 어여삐 여기는 마음이고요.
얼음 나라 펭귄들도 서로 기대어 돌아가며 몸을 녹이지요.
아래 잎새에도 햇살이 들라고 제 잎에 구멍을 내는
창문 나무도 있대요.
어쩌면 생명이 없는 무생물도 그럴지도 몰라요.
그렇다고 느끼는 것도 따듯한 마음이겠죠.

근데요.
따듯한 마음의 맨 처음은 나를 아끼는 거예요.
나를 사랑하지 않으면 남을 사랑할 수 없으니까요.
별난 애라고 놀려도 꿋꿋하게 별을 낳을 거라고 믿는 것처럼요.

동시들이 모여 사는 집인 동시집은 따듯한 마음의 집이에요.
시골집 아랫목처럼, 모닥불처럼
친구가 주머니에 살짝 넣어 준 핫 팩처럼
추운 날 학교 갔다 왔을 때 언 손을 감싸는 엄마 손처럼
마음 따듯해지면 좋겠어요. 이 동시집을 덮을 때는요.
그래서 이 세상이 따듯해서 자꾸 웃음이 나면 좋겠어요.

2024년 신난희

목일신아동문학상

한국의 아동문학가 은성(隱星) 목일신(1913~1986)은 전라남도 고흥에서 독립운동가이자 목사였던 아버지 목홍석의 아들로 태어났다. 일본어로 말하고 쓰게 하던 어린 시절, 아버지가 어린이 전문 잡지를 사다 주며 우리말로 글 쓰는 법을 가르치고 격려한 것이 목일신이 동시를 쓰는 배경이 되었다. 동요로 잘 알려진 〈자전거〉는 12살 때 쓴 것이다. 광주학생독립운동에 가담하여 투옥된 후 퇴학당하였고, 일제가 전시 동원 체제에서 문인들에게 친일을 강요하던 때 절필하였다. 일본 간사이 대학을 졸업한 후 35년간 순천여고, 목포여중, 이화여중고, 배화여중고에서 우리말과 제자들을 사랑하는 교육자로 재직했다. 〈자전거〉 〈아롱다롱 나비야〉 〈누가누가 잠자나〉 〈자장가〉 등 고향의 자연과 삶을 꾸밈없는 동심으로 표현한 400여 편의 동시와 수필, 노랫말을 남겼다. '목일신아동문학상'은 목일신의 문학 정신과 항일 정신을 계승하고 미래의 어린이들이 우리 국어로 쓰인 아름다운 글을 읽고 쓰며 맑고 평화로운 세상을 가꿔나가길 바라는 마음으로 2019년 재단법인 목일신문화재단과 목일신아동문학상운영위원회에서 제정하였다.

제6회 목일신아동문학상 수상작

빵 터져 버릴지도 몰라요

초판 1쇄 발행 2024년 11월 25일

글쓴이 · 신난희 | 그린이 · 한연진

편집 · 박은덕 이소희 이수연 | 디자인 · 장승아 이지영

마케팅 · 이선규 김영민 이윤아 김한결 권오현 | 제작 · 권오철

펴낸이 · 권종택 | 펴낸곳 · (주)보림출판사

출판등록 · 제406-2003-049호

주소 · 10881 경기도 파주시 광인사길 88

전화 · 031-955-3456 | 팩스 · 031-955-3500

홈페이지 · www.borimpress.com | 인스타그램 · @borimbook

ISBN 978-89-433-1764-5 73810